AF467140

LA SOLITVDE DV SIEVR DE SAINT-AMANT.

AVEC LA TRADVCTION LATINE.

Par H. G. Relig. de la Doctrine Chrest.

henry Golignac.

A TOLOSE,

Par IEAN BOVDE, Imprimeur Ordinaire du Roy, & des Estats Generaux de la Prouince de Languedoc, à l'Enseigne S. Iean, prés le College de Foix. 1654.

CLARISSIMO VIRO DOMINO, D. PETRO DE FERMAT, IN SVPREMA TOLOSÆ CVRIA SENATORI.

TIBI, SENATOR INTEGERRIME, Latina hæc verſio antea debuit offerri, quàm in publicum dari: nec fautorem alienum ſibi quæſiſſe poteſt; cum ſit tua, ex quo penes te diu delituit: necdum enim foret noſtra, quæ perierat, niſi tua diligentia inuenta eſſet. Illam-ne feliciorem dixerim neſcio poſt extinctum auctorem! præſertim cum iniurias tempo-

rum non eluſerit modò; ſed maiorem à te habuerit, quàm ab auctore dignitatem. Ille enim, quaſi ſtudiorum ſuorum præmaturos fœtus ederet, mandari Typis negabat; ac nunquam ſatis expertus illud Horatij, NONVMQVE PREMATVR IN ANNVM, *amicorum conſilijs moras obijciebat. Sed tuo tandem beneficio in lucem editur, quod acriori eius iudicio adhuc eſſet in obſcuro: niſi tu verſibus iſtis, tanquam pupillis paternam curam impenderes; tuáque operà redderes, quam mors parentis fato propera abſtulerat educationem. Tantæ munificentiæ & auctor, & opus multum debent, auctor quidem, quòd à te ſuum acrius illud iudicium fuerit mitigatum; opus verò, quòd debita laude non careat. Vtrumque tibi decorum,* SENATOR INTEGERRIME, *defuncti enim amici memoriæ dum conſultum velis; tuæ gloriæ conſultum eſt, cui ſeceſſus otium tantùm contulit, quantùm ipſa Senatus frequentia, & amicorum conſuetudo, qui vel hoc ipſo verſus iſtos laudabunt; quia te ſcilicet dudum habuerint ſui æſtimatorem. Quod tu igitur amico beneuolentiæ; ego tibi gratitudinis officium rependo.* VALE.

LA SOLITVDE DV SIEVR DE SAINT-AMANT.

O Que i'ayme la Solitude !
Que ces lieux ſacrez à la Nuit,
Eſloignez du monde & du bruit,
Plaiſent à mon inquietude !
Mon Dieu ! que mes yeux ſont contens
De voir ces Bois qui ſe trouuerent
A la natiuité du Temps,
Et que tous les Siecles reuerent,
Eſtre encore auſſi beaux & vers,
Qu'aux premiers iours de l'Vniuers !

EIVSDEM LATINA VERSIO.

DVLCES secessus! & amica
silentibus vmbris
O secreta? procul turbis, ac
limine regum,
Qua mihi sollicitam recreatis
Imagine mentem!
Vt iuuat hæc (superi) nemorũ spectare vireta,
Olim quæ teneris aderant natalibus æui;
Et quæ tot retro labentia sæcula rerum
Mirantur lætos ostendere frondis honores,
Quales à primo natura indulserat ortu.

Vn gay Zephire les caresse
D'vn mouuement doux & flateur,
Rien que leur extresme hauteur
Ne fait remarquer leur vieillesse:
Iadis Pan, & ses Demy-Dieux
Y vindrent chercher du refuge,
Quand Iupiter ouurit les Cieux
Pour nous enuoyer le Deluge,
Et se sauuans sur leurs rameaux,
A peine virent-ils les Eaux.

Que sur cette Espine fleurie,
Dont le Printemps est amoureux,
Philomele au chant langoureux,
Entretient bien ma réuerie!
Que ié prens de plaisir à voir
Ces Monts pendants en precipices,
Qui pour les coups du desespoir
Sont aux Malheureux si propices,
Quand la cruauté de leur sort
Les force à rechercher la mort!

Dulcis vt hæc blanda mulcere fauonius aura,
Et quam lætus amat! cernin vt summa laborent
Arguere annosos procera cacumina truncos?
Semi-Deos olim Faunos, & Pana fugacem
Huc memorãt dubiæ quęsisse salutis asylum;
Diluuium terris Cœlo dum effudit aperto
Iupiter: excepti nam tum ramalibus altis
Vix vidisse feruntur aquas, mundumque natantem.

Hic vbi odorata se fronde coronat Acanthus,
In quo delicias omnes facit imbriferum Ver,
Delectata suis iterum Philomela querelis
Me tenet, & pulchrè vigilanti somnia suadet.
Qualis at hæc præceps scopuli pendẽtis Imago
Me reficit! votis adeo opportunus amantum
Qui micat; extremo quoties occumbere saltu
Cogit amor; crudelis amor, quem fata dederunt!

Que ie trouue doux le rauage
De ces fiers Torrents vagabonds,
Qui se precipitent par bonds
Dans ce Valon vert & sauuage !
Puis glissans sous les Arbrisseaux
Ainsi que des Serpens sur l'herbe,
Se changent en plaisans Ruisseaux,
Où quelque Naiade superbe
Regne comme en son lict natal,
Dessus vn throsne de christal !

Que i'ayme ce Marests paisible !
Il est tout bordé d'Aliziers,
D'Aulnes, de Saules, & d'Oziers,
A qui le fer n'est point nuisible :
Les Nymphes y cherchans le frais,
S'y viennent fournir de quenoüilles,
De pipeaux, de joncs, & de glais,
Où l'on voit sauter les grenoüilles,
Qui de frayeur s'y vont cacher
Si-tost qu'on veut s'en approcher.

Vt placet hæc ſtrages torrentibus acta ſuperbis !
Qui ſe præcipites effræni mittere curſu
Deſultim properant in opacæ concaua vallis.
Inde ſub arbuſtis ſinuoſo flumine lapſi,
Ceu colubri exoſſes irrepunt mollibus herbis;
Iamque fluunt lenes, quà ſe pulcherrima Naïs
Iactat conſpicuo chriſtalli niſa ſedili ;
Nataléſque tenet circum ſua regna liquores.

Vt placet hæc tranquilla palus ! cui lotos amica
Prætexit ripas, & plurima vimina circum,
Alnique, ſalicéſque, incognita ſilua bipenni.
Naiades hic Nimphæ captant dum frigus opacum,
Sæpe colos aptant lateri, calamóſque labellis
Sæpe legunt iuncos, & amœna ex Iride flores
Cæruleos:vbi rana ſalit, quæ pulſa metu mox,
Vt te præſentit venientem, conditur vndis.

Là, cent mille Oyseaux aquatiques
Viuent ſans craindre en leur repos,
Le Giboyeur fin, & diſpos,
Auec ſes mortelles pratiques;
L'vn, tout ioyeux d'vn ſi beau iour,
S'amuſe à becqueter ſa plume;
L'autré allentit le feu d'Amour,
Qui dans l'Eau meſme le conſume,
Et prennent tous innocemment
Leur plaiſir en cét Element.

Iamais l'Eſté, ny la froidure
N'ont veu paſſer deſſus cette Eau
Nulle Charette, ny Batteau
Depuis que l'vn & l'autre dure.
Iamais Voyageur alteré
N'y fit ſeruir ſa main de taſſe:
Iamais Chéureüil deſeſperé
N'y finit ſa vie à la chaſſe:
Et iamais le traiſtre Hameçon
N'en fit ſortir aucun Poiſſon.

Hìc quàm multa vides fluuialia ſecla volucrum
Natiuo gaudere lacu; ſecura malarum,
Quas habilis fraudes, atque improbus occulit auceps.
Pars tam formoſæ aſpectu recreata diei
Humentes plumas roſtro veſtigat adunco;
Pars veneris flãmas, ſæuúmque refrigerat ignẽ,
In media qui torret aqua: ſic otia vitæ
Innocua exercent, & amico in littore ludunt.

Nulla adeo neque ſolſtitii, neque tempora brumæ,
Ex quo alterna legunt veſtigia labilis anni,
Hic plauſtris iter eſſe vidẽt, leuibúſve phaſelis.
Nemo ſub ardenti ſitibundus ſole viator
In pateræ ſpeciem palma bibit inde cauata.
Necdum etiam Ceruus vitam finire, fugámq;
Perditus huc venit: necdum quoque proditor hamus
Extulit incautum puro de gurgite Piſcem.

Que i'ayme à voir la decadence
De ces vieux Chasteaux ruïnez,
Contre qui les Ans mutinez
Ont déployé leur insolence:
Les Sorciers y font leur Sabat;
Les Demons follets s'y retirent,
Qui d'vn malicieux ébat
Trompent nos sens, & nous martirent;
Là se nichent en mille troux
Les Coleuures, & les Hyboux.

L'Orfraye, auec ses criz funebres,
Mortels augures des Destins,
Fait rire, & dancer les Lutins
Dans ces lieux remplis de tenebres.
Sous vn cheuron de bois maudit
Y branle le squelette horrible
D'vn pauure Amant qui se pendit
Pour vne Bergere insensible,
Qui d'vn seul regard de pitié
Ne daigna voir son amitié.

Quam iuuat aſpicere informi collapſa ruina
Hæc veteris monimenta domus ! queis tempora dudum
Audent certatim inſultare procacibus annis.
Huc olim magica expertæ miracula ſagæ
Sacra nefanda ferunt : illuc & ſæpe maligni
Diuertũt lemures, pauidíſque illudere gaudẽt:
Hic Bubo, & Coluber timidum caput occultantes
Mille latebroſis poſuere cubilia rimis.

Strix quoque ludentes obſcura per atria laruas
Triſtibus auguriis, & ferali vlulatu
Prouocat ad cãtus, incompoſitáſque choræas.
Intus ab infami libratur penſile tigno
Horrẽdum viſu ſqueletum, infelicis amãtis,
Qui miſer (heu triſtes fugiens Amaryllidis iras)
Immerito fauces nexu concluſit ; at illa
Durior in talem nec lumina flexit amorem.

Aussi le Ciel Iuge équitable,
Qui maintient les Loix en vigueur,
Prononça contre sa rigueur
Vne sentence épouuentable:
Autour de ces vieux ossemens
Son ombre aux peines condamnée,
Lamente en longs gemissemens
Sa malheureuse destinée,
Ayant pour croistre son effroy,
Tousiours son crime deuant soy.

Là, se trouuent sur quelques marbres
Des deuises du temps passé;
Icy, l'âge a presque effacé
Des chiffres taillez sur les arbres.
Le plancher du lieu le plus haut
Est tombé iusques dans la caue,
Que la Limace, & le Crapaut
Souillent de venin, & de baue;
Le lierre y croist au foyer
A l'ombrage d'vn grand Noyer.

Atqui non impune tulit, quam nempe ſequuta eſt
A tergo Nemeſis, legum certiſſima vindex;
Vltaque tam ſæuam formoſo in corpore mentem:
Ergo exercetur miſerabilis vmbra per amplas
Ac ſine ſole domos, & circum exeſa pererrat
Oſſa; ſonant imo de pectore longiùs acti
Fata ſuper gemitus; inuiſa recurſat Imago
Patrati ſceleris, trepidantq; ab Imagine manes.

Hic tituli veteres, & priſcæ ſymbola gentis,
Frontibus inuerſis lapidum, ſine honore leguntur;
Illic arboribus inciſos pene ſenectus
Exedit Veneris nodos; cecidere gementem
Funditus in cellam tecti laquearia, quæ nunc
Peſtiferâ ſpargunt limax, bufóque ſaliuâ:
Ante focum ceſpes, coramque Penatibus ipſis
Creſcit, & annoſæ gaudet iuglandis in vmbra.

Là dessous s'estend vne voûte
Si sombre en vn certain endroit,
Que quand Phebus y descendroit,
Ie pense qu'il n'y verroit goutte,
Le sommeil aux pesans sourcis,
Enchanté d'vn morne silence,
Y dort bien loin de tous soucis
Dans les bras de la Nonchalance,
Laschement couché sur le dos
Dessus des gerbes de pauos.

Au creux de cette grotte fresche,
Où l'amour se pourroit geler,
Echô ne cesse de brusler
Pour son Amant froid & reuesche;
Je m'y coule sans faire bruit,
Et par la celeste harmonie
D'vn doux Lut, aux charmes instruit,
Ie flatte sa triste manie,
Faisant repeter mes accords
A la voix qui luy sert de corps.

Subter

Subter inhorrescit fornix in nocte profunda
Abditus, in quem olim veniat si pulcher Apollo;
Ipse (reor) mundi tunc caligabit ocellus.
Somnus ibi lento deuinctus languida visco
Lumina, & excussis toto de pectore curis,
Dormit in optato complexu mollis Amicæ
Desidiæ, quem nox & fida silentia mulcent,
Et circumfusum nocturno rore papauer.

Nec procul hinc gelidæ penetrali in sede cauernæ,
Intus vbi possis tute ipse algere Cupido!
Vritur infœlix Echo, nec amata superbum
Ardet adhuc puerum: sed enim miseratus amantem
Accedo tacitus, citharaque insignis eburnea
Diuinis ægrum numeris lenire furorem
Aggredior, resonare docens mea carmina vocē
Virginis, heu! vocem modo quam pro corpore seruat.

Tantost, sortant de ces ruïnes,
Ie monte au haut de ce Rocher,
Dont le sommet semble chercher
En quel lieu se font les bruïnes:
Puis ie descends tout à loisir,
Sous vne falaize escarpée,
D'où ie regarde auec plaisir
L'Onde qui l'a presque sappée
Iusqu'au siege de Palemon,
Fait d'esponges, & de limon.

Que c'est vne chose agreable
D'estre sur le bord de la mer,
Quand elle vient à se calmer
Apres quelque orage effroyable!
Et que les cheuelus Tritons,
Hauts sur les vagues secoüées,
Frapent les Airs d'estranges tons
Auec leurs trompes enroüées,
Dont l'éclat rend respectueux
Les vents les plus impetueux.

Exin lustralis linquens ruta cæsa Palati
Nitor in exesam rupem, quam vertice summo
Vestigare putes, crescant qua parte pruinæ;
Hinc decedentem pedetentim proxima cautes
Excipit, accisis procurrens in mare saxis:
Vnde feros placidè fluctus contemplor acuti
Desquammare pedem dorsi; & iam lambere
sellam,
Spongia quam limúsque Deo ponunt Meli-
certæ.

Quam volupe in sicca spatiari littoris ora!
Quũ tumida incipiunt iam sese sternere ponti
Æquora, & insanæ deferbuit ira procellæ:
Quum fugére procul nubes, ventíque re-
mittunt.
Ipsi tunc etiam inflammati pectore nudo
Mergitis incanumque caput, viridésq; lacertos
Tritones; rursum thetidis iuuat ire sub aulam;
Nereidumque choros, dulcésque reuisere
amores.

Tantost, l'onde broüillant l'arene,
Murmure & fremit de courroux,
Se roullant dessus les cailloux,
Qu'elle apporte, & qu'elle r'entraine:
Tantost, elle estale en ses bors,
Que l'ire de Neptune outrage,
Des gens noyez, des Monstres morts,
Des vaiseaux brisez du naufrage,
Des diamans, de l'ambre gris,
Et mille autres choses de pris.

Tantost, la plus claire du monde,
Elle semble vn miroir flottant,
Et nous represente à l'instant
Encore d'autres Cieux sous l'onde:
Le Soleil s'y fait si bien voir,
Y contemplant son beau visage,
Qu'on est quelque temps à sçauoir
Si c'est luy-mesme, ou son image,
Et d'abord il semble à nos yeux
Qu'il s'est laissé tomber des Cieux.

Interdum ſenſim pelago vis maior ab alto
Indignata fremit, tum ſeſe ingentia voluens
Saxa ſuper fert, atque refert, miſcétque tu-
multus:
Mox & cum libuit, nudis exponit in oris
Inter nauifragos, & luce carentia monſtra,
Succina,& electrũ,nec non magna oſſa Balenæ:
Nunc laceram puppem, aut extantes fluctibus arcas,
Ingenio quæſita ſuo ludibria vexat.

Interdum purus, penitúſq; æquabilis humor
Læue refert ſpeculum, quo protinus altera
verti
Sidera,iamque alios videas ſe oſtendere cœlos.
Phœbus ibi, pulchræ miratus frontis honores,
Expreſſo ſic ore nitet; tantiſper vt anceps
Inquiras tecum ſol-ne ille, an ſolis Imago?
Et vero pupulis primo fallentibus ictu,
Sponte ſua medio prolapſus ab orbe vide-
tur.

BERNIERES, pour qui ie me vante
De ne rien faire que de beau;
Reçoy ce fantasque tableau
Fait d'vne peinture viuante:
Ie ne cherche que les deserts,
Où resuant tout seul ie m'amuse
A des discours assez diserts
De mon Genie auec la Muse:
Mais mon plus aymable entretien
C'est le resouuenir du tien.

Tu vois dans cette Poësie
Pleine de licence, & d'ardeur,
Les beaux rayons de la splendeur
Qui m'esclaire la fantaisie:
Tantost chagrin, tantost ioyeux,
Selon que la fureur m'enflame,
Et que l'objet s'offre à mes yeux,
Les propos me naissent en l'ame,
Sans contraindre la liberté
Du Demon qui ma transporté.

TV, quem pulchra modò de me (quid glorior audax)
Expectare decet, proprium hoc tibi Daphnis habeto
Picturæ ſpirantis opus variabile noſtræ;
Scilicet in ſiluis deſerta per ardua raptum.
Me iuuat & ſolum meditari, & paſcere mẽtem
Dulcibus alloquiis genijque, meæq; Thaliæ,
Inter ſe alternis quæ non incondita miſcent:
Sed meminiſſe tui ante omnes mihi chara voluptas.

Aſpicis vt campo ſpatiari liber aperto
Verſus amat; ſimul vt velox ſe tollit humo mẽs
Percita, diuino quum me furor abripit æſtro.
Nunc & ſollicitus, mox lætior, vt mihi mentẽ
Spiritus intus agit; quam rem cumque obtulit antè
Fors, iuuat egregios illi poſuiſſe colores.
Quæ ſi Daphnis ames, ſi carmina legeris vnquam,
Non me pœniteat genijque, meæque Thaliæ,

O que i'ayme la Solitude !
C'est l'Element des bons esprits,
C'est par elle que i'ay compris
L'Art d'Apollon sans nulle estude :
Ie l'ayme pour l'amour de toy,
Connoissant que ton humeur l'ayme,
Mais quand ie pense bien à moy,
Ie la hay pour la raison mesme ;
Car elle pourroit me rauir
L'heur de te voir, & te seruir.

FIN.

O mihi ſeceſſus dulces ! ô amica decoris
Ingenijs ſedes! per quam mihi cognita plane eſt
Ars(ô Phœbe) tua, & nullo quæſita labore !
Hanc te propter amo, caperis nam Daphnis eádem,
Si bene te noui : tamen & cum ſerio mentem
Collegi, hanc odiſſe iuuat te propter eundem;
Inuida namque tuis miſerum me vultibus arcet,
Nec ſinit officijs præſentem poſſe mereri.

FINIS.

www.ingramcontent.com/pod-product-compliance
Ingram Content Group UK Ltd.
Pitfield, Milton Keynes, MK11 3LW, UK
UKHW020443220726
13923UKWH00005B/2309

9 782019 689520